EL ELEFANTE ENCADENADO

Una parábola tradicional
contada por Jorge Bucay
e ilustrada por Gusti

RBA

Del Nuevo Extremo
WWW.DELNUEVOEXTREMO.COM

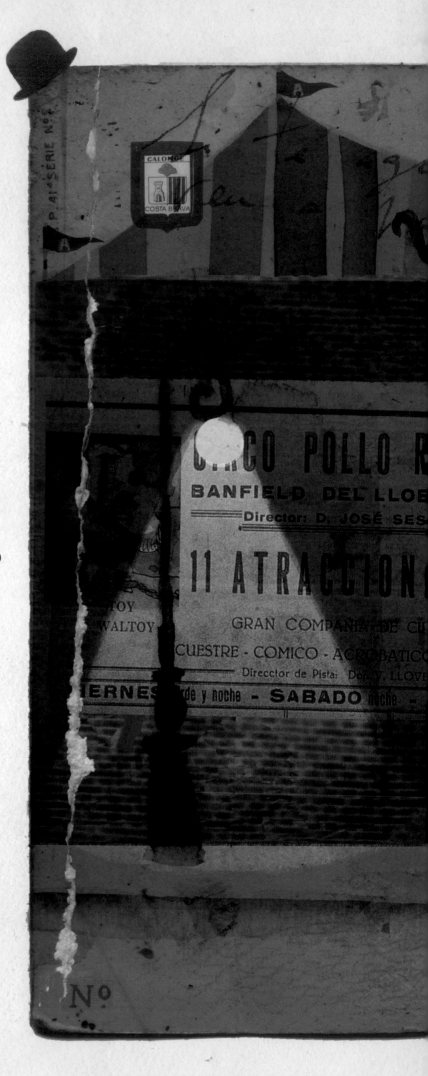

Cuando yo era niño
me encantaba el mundo mágico
de los circos.

ESPAGNE
LOS ELEFANTES
Acrobatas cómico serios
CIRCO
16 de Diciembr
e Enero
Elenco
FLIG ANDRES con su fam
RLOT
amados las AGUILAS DEL CIRCO,
emoción.
INGO
ICAL
FOOTITT (DU NOUVEAU CIRQUE.)

rrespon

$\mathbf{M}$e entusiasmaba
poder ver de cerca a cada uno de esos animales
que viajaban en caravana de ciudad en ciudad.

Durante la función
todo me parecía maravilloso y deslumbrante,
pero la aparición del elefante
siempre era mi momento preferido.

La gigantesca bestia
hacía gala de una destreza, un tamaño
y una fuerza impresionantes.

(DU NOUVEAU CIRQUE.)

Era evidente que un animal así
sería capaz de arrancar un árbol de un simple tirón.
Y sin embargo...

Para mi sorpresa,
después
de cada actuación,
el personal del circo
encadenaba al elefante
a una pequeña estaca
apenas clavada
en el suelo.

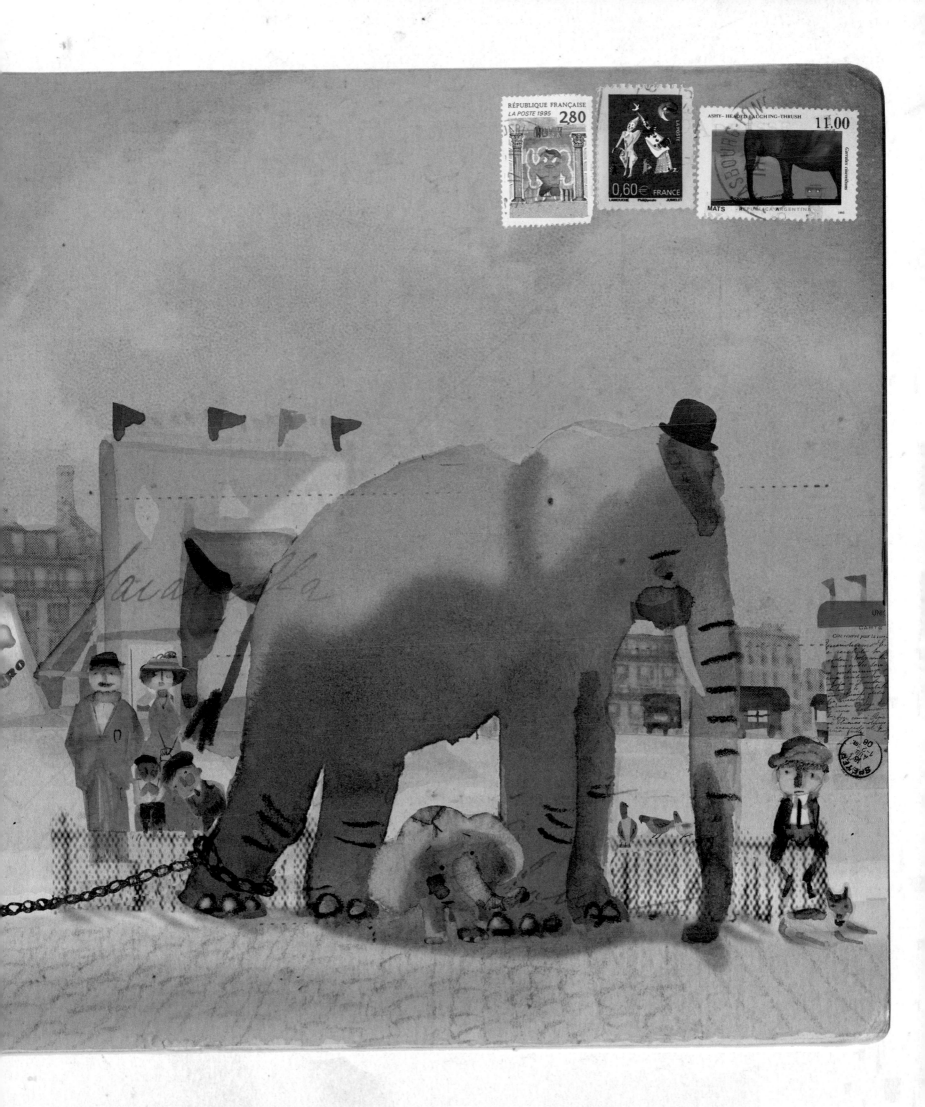

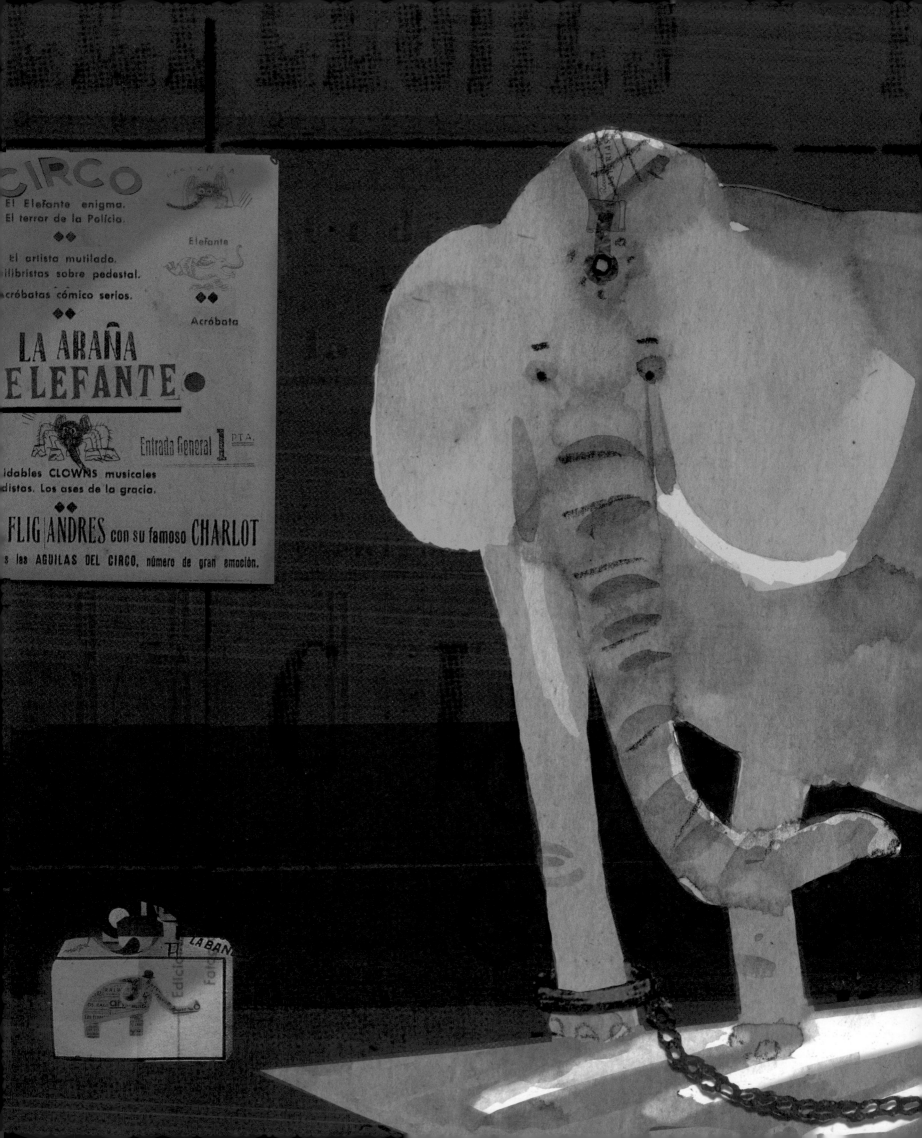

Esto era para mí un gran misterio.
Aunque la cadena era gruesa y fuerte,
un animal capaz
de tirar abajo un muro con su fuerza
podría fácilmente
liberarse de la estaca
y huir.

¿Qué sujetaba al elefante?
¿Por qué no escapaba?

Cuando tenía cinco o seis años,
yo todavía creía
que las personas mayores
lo sabían todo.

Así que pregunté a mis profesores,
a mi tío y a mi madre por el misterio del elefante.

Ellos me explicaron que el elefante
no se escapaba porque estaba amaestrado.

Como era lógico,
les pregunté entonces:
«Si está amaestrado y por eso no escapa,
¿por qué lo encadenan?».

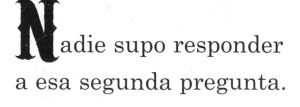

Nadie supo responder
a esa segunda pregunta.

Mucho tiempo después,
una noche,
conocí a alguien muy sabio,
que había viajado mucho
por la India
y que me ayudó
a encontrar la respuesta.

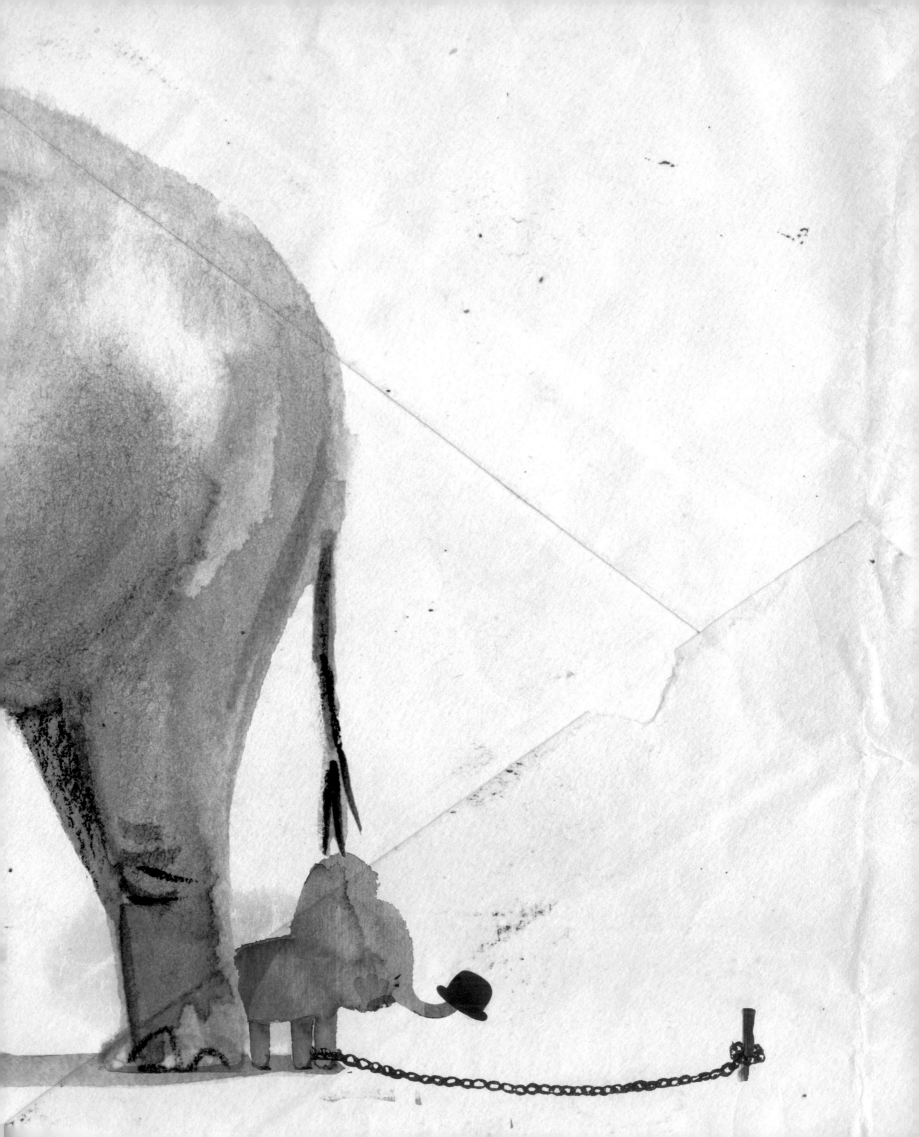

E l elefante del circo
ha estado encadenado a una estaca
desde que era muy pero que muy pequeño.

Paris. - La Comédie Française

BORDEAUX. — La Cathédrale et la Tour Pey-Berland. — LL

Recuerdo que cerré los ojos
y pensé en el pequeño elefante recién nacido
atado a la estaca.

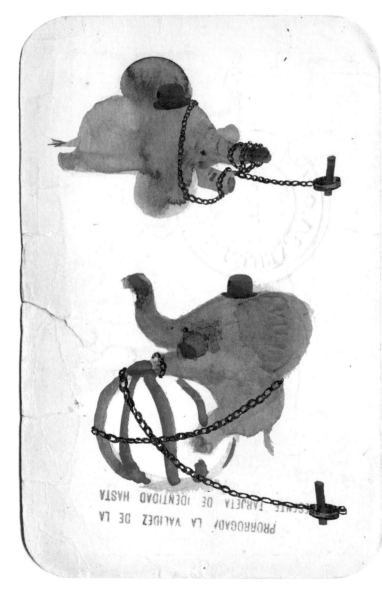

07

30

Me lo imaginé
empujando y
tirando de la cadena,
día tras día,
tratando de soltarse...

Casi podía verlo, durmiéndose cada noche agotado por el esfuerzo,
pensando en volver a intentarlo a la mañana siguiente.

T odo fue inútil: la estaca era demasiado fuerte
para un animal recién nacido, aunque se tratara de un elefante.

H asta que un día,
el más triste de los días
de su corta vida,
el elefantito aceptó
que no podía liberarse
y se rindió
a su destino.

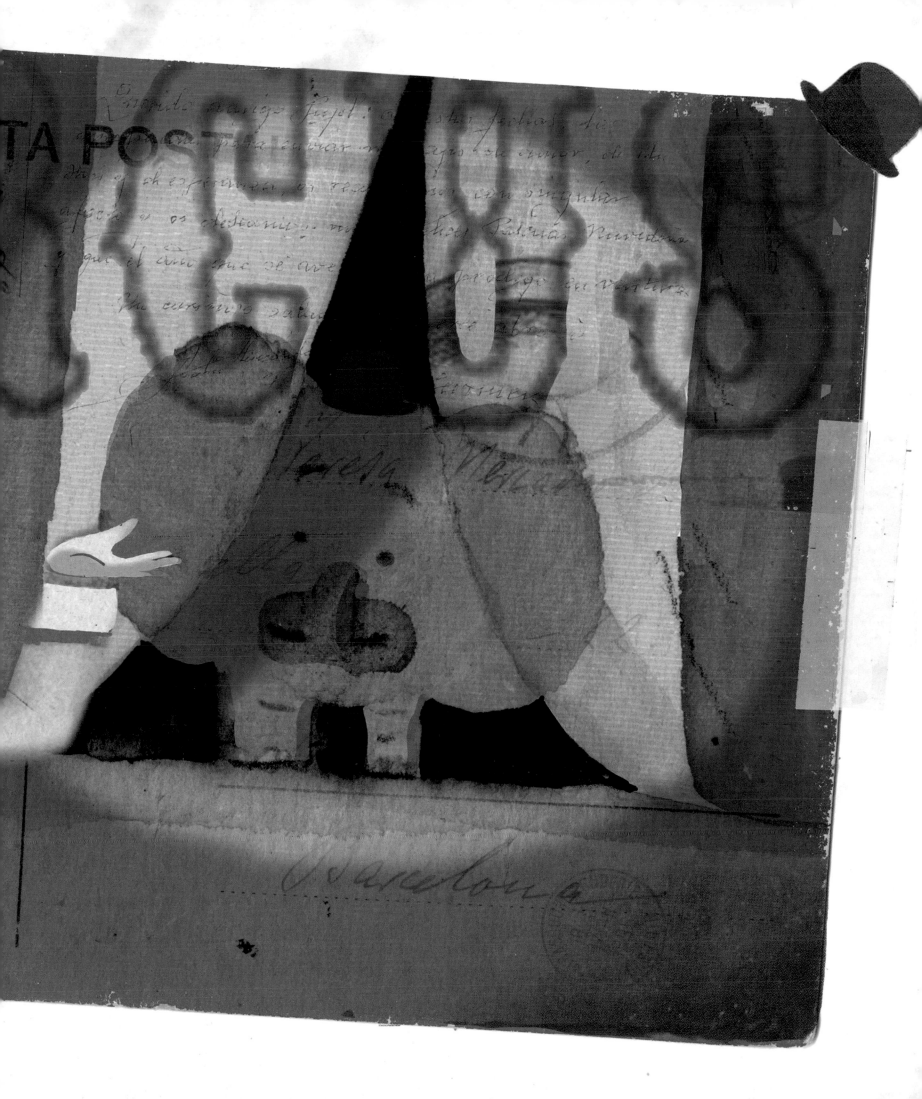

Entendí entonces por qué el enorme y poderoso elefante
que yo veía en el circo se quedaba encadenado:
él estaba convencido de que nunca
podría liberarse de su estaca.

CIRCUS 33.00

El pobre animal tenía el fracaso grabado en su memoria de elefante
y jamás, jamás, había vuelto a poner a prueba su fuerza...

Algunas noches sueño que me acerco al elefante encadenado
y le digo al oído:

«¿Sabes? Te pareces a mí.

Tú también crees que no puedes hacer algunas cosas
sólo porque una vez, hace mucho, lo intentaste y no lo conseguiste.

Debes darte cuenta de que el tiempo ha pasado
y hoy eres más grande y más fuerte que antes.

Si de verdad quisieras liberarte, estoy seguro de que podrías hacerlo.

¿Por qué no lo intentas?».

A veces me despierto
pensando que mi elefante
un día finalmente lo intentó
y consiguió arrancar
la estaca...
Entonces sonrío
y me imagino
que el enorme animal
sigue viajando con el circo
porque le gusta mucho
divertir a los niños,
aunque por supuesto
ya no está
encadenado.

Hijo de una familia con raíces judías y árabes, Jorge nació y creció en Buenos Aires, Argentina, y estudió medicina y psicología. Trabaja desde los 13 años y, en su periplo por la vida, antes de ser doctor, ha tenido muchísimas profesiones: taxista, payaso y vendedor ambulante. Ha publicado muchos libros exitosos como "Déjame que te cuente", donde aparece el cuento que tienes en tus manos. Jorge sabe de memoria más de 1.500 cuentos.

Dirección

JORGE BUCAY

Calle Choripán

1407 Trespaises

A mi padre Elías Bucay, que se concedía como único permiso de diversión el acompañarnos al circ

A la Dra. Zulema Sasloarsky, maestra y amiga, que me hizo saber que el misterio del elefante había preocupado desde siempre a muchos niños, incluida ella misma.

A Raj Dharwani, otra maestra, de cuya boca escuché por primera vez la reveladora descripción del entrenamiento de paquidermos en la India.

A mis hijos, que me escucharon contar este cuento cientos de veces y lo aplaudieron entusiasmados en cada oportunidad.

A Gusti, gran dibujante, que supo ponerle forma y color a la historia.

A Marta, Poppy, Oriol y Miguel, que desde la editorial decidieron hacer posible este libro.

A todos los niños, especialmente a los que hoy habitan inquietos y frescos en el interior de los que nos llamamos adultos.

Para mis ojos marrones y azules
Anne, Théo, Mallko y Tostada

Nació en Buenos Aires hace unos cuantos años
y, según su madre, con un lápiz bajo el brazo.
En 1985 viajó a Europa y desde entonces vive en
Barcelona, donde se ha convertido en un ilustre
ilustrador. Le han dado muchos premios, pero el
más importante de todos es poder hacer lo que
le gusta. Dibujando va por la vida, y gracias al
dibujo puede conocer gentes y sitios increíbles.
Gusti también se llama Llimpi, que significa
dibujante en lengua quechua.

GUSTI

Casa Loca

Calle Tetera de San Juan s/n

83444 Chilinga

Художник Т. Сазокова
Ш07578-55 6268. Т. 1 000 Firma del interesado

El elefante encadenado
© del texto, Jorge Bucay, 2008
© de las ilustraciones, Gusti, 2008
© de esta edición, RBA Libros, S.A., 2008
Avda. Diagonal 189, 08018 Barcelona
www.rbalibros.com
© de esta edición, Del Nuevo Extremo S.A., 2008
A.J.Carranza 1852 (C1414COV) Buenos Aires, Argentina. Tel/Fax: (54-11) 4773-3228
editorial@delnuevoextremo.com / www.delnuevoextremo.com

Primera edición: 2008
Segunda edición: febrero de 2017

Edición a cargo de Poppy Grijalbo
Diseño: idee
Realización editorial: Bonalletra Alcompas, S.L.

Referencia: SLHE073
ISBN: 9788479016661
Depósito legal: B.4249-2017
Impreso en España - *Printed in Spain*